掠れた曙光

岡和田 晃

OKAWADA Akira

幻視社別冊

目次

1

イシスのヴェエルをめくって

消滅することと
殺すことの違いは何か

さよならも告げずに逝くことと
忘却のスコォプのうちで
感知されずにあることの差異は何処か

解きほぐし難い冷たさ
麻痺したばかりの重り

圧力に堪えかねる背骨
濡れかえし、折れ曲がる腟内

渋面に伸し掛かる乱れ髪
ほのかな薫りが響き
陶酔をもたらす苦い官能

那辺にあるべきなのか
淡く七色に塗り分けられた
ザイスの弟子たちは

饐えた着物と

段々になって照り映える
双穹は白磁のようで

原質の感触が
雷鳴として轟き、もたらす
黄金の三角形の想い出に

恍惚のベアータ

透きとおった鼻梁、
　伏せた瞼から毀れ落ちる涙、

湿っぽい小部屋、　木陰、
　不意に降りかかる天球の音楽、

先覚者たるを強いられ、
　二度と逢えない哀しみの大衆、

ウェルギリウスが夢見た夢のなか、
目覚めは近いと嘘か真か、
冥界の下、そのまた果てと辿りゆく、
低徊趣味と、どうぞ、呼んでおくれやす、
地獄踊りも、はたまた美妙、
かな、仮名、神無、鉋、
交差する視線の枠から外される、
抒情と、
韻律への、

燃えさかる憎しみが、
が、が、が、

倒立するクライスレリアーナ

いきなり、目に砂をかけられた
　咳き込んで、何も見えずに、
大きなくしゃみ、肺腑が、いや伽羅倶梨が
　剳られるような悼みに、身悶えする。

血しぶきがあがり
　疲れ果てているのに眠れない！

話しながらだんだんと考えをまとめていくこと

それが大事なんだ、俺のやり方なんだ
　そう話してくれた先達は、
湖のほとりで、人妻と拳銃で自決した
　もう片方の手に、長い絞首紐を握ったままで

鶩ペンが、すらすらと綴っていく
　流麗な筆記体と、
被造物たる、我々の胸に刻み込まれるナイフ
性愛、という名の処刑法

安宿にしけ込んでみて、あいわかった
　見た目は真っ黒で、しかもカフェオレなんだぜ

世界の根源、それに起源の味わいは
批評できやしないぞ、悪所ん!
　裏通りの隅から漏れ、聞こえて流れ、
此岸に侵食してくるのは、懐かしい舟歌だった
クラヴィーアの音色が、森閑として、喚ぶ
　過負荷ではない、ホフマニアーナの甘美さよ
逆立ちしてステップを踏む、夢見る人形の、
　怪物的な、転覆、価値転換、破壊、ぐるるるる

黄昏の丘へ

あたたかな日射しが、吹きつけ、頽《くず》れ
わたし、と、風土を、切断する

やわらかな眠り草が、凍りつき、幽《さびし》く
あなた、と、教会を、結び解け

あそこに見える、丘の
装飾された十字架は、苔むしたままで

沼から生まれた、妖精族のむすめが
とぼとぼと、歩き疲れて
工場で、擦り切れ、たましいを失い

もう幾度目か、モード・ゴンに袖にされた
伊達男イェイツは、黄金の暁《ゴールデン・ドーン》の秘儀にも
宇宙の、根本原因としての愛
親和力のありかを、認められないでいる

嘘つき野郎め、信じられるのは
お前の色彩環だけだ！

——神智学めいた語り、騙りは
　噂話《フォーク・テイル》にすぎない、のか？
ひらひらひらと、ちょんのまに
　整えた鬢《びん》の、残り香が、へたり
薄化粧も、こすれ、落ちていた
ステッキを振り上げ、棍棒する老人[*1]

枯れ枝を、振るひとがたに
ピクチュアレスクな造形が、
上書きされてゆく

彼方に

遍在する
神性
峨々たる

崇高

越えられない

その淡いを、　よれよれと、　いくのは誰か？
そしてビーフオの牛肉[*2]は、　いくらで売る？

黄昏が染める
わたしたちの時代の帳が降りる
あとは夜が更け

暗闇、しかる後に、炸裂する爆弾

もたらされた静寂に、堪えられるか、否か

*1　下楠昌哉『妖精のアイルランド』を参考にしました。

*2　ロード・ダンセイニ「五十一話集」ほか（荒俣宏訳）を参考にしました。

掠れた曙光

断崖に
立ちすくむ
四角い螺旋と
捻れた階段の先に
縹渺　ヒースの荒れ野が

貫く

絶壁で

闇にしずむ
八角の楕円と
喉元まで出かかる
熱さを　忘れ息が詰まり

迸る

わたしはなにも　みえないし
なにも　きこえない
みうごきも　できないけど　どこか　なまめかしい
あたりは　まっしろだから
きこえては　いけない　こえが
きこえたせい　なのかしら

このせまい　ぼしょに　とじこめられて
ひとすじの　せんが　つづき　やがては　た　え

て

暁を告げる　小夜啼鳥《ナイチンゲール》の　一撃に

絶唱を絞り出す　エーテルの娘
貴女のことを　謳いたいと
双胸をはだけて見せる　双子の戦乙女が
がらがらと　主張する
真に高貴なる　美しさとは
この北方の冷気を　浴びながらも

乳首の奥まで　歪みを集めて
心臓を　刳り　その棘の　先端に
宿る
毒を呷って　染めぬき
黒い薔薇をつくって　捧げること　なのだと

わたしたちが　去っても
老残は　早晩　壊れ　ヴェヌスの丘に　流竄する
ははは　幽閉されし　転位の騎士タンホイザーよ
心ゆくまで　快楽を貪り　愉しめ

醒めて　我に返った　紅いフリードリヒ・N

よぼよぼと鞭打たれる　驢馬を庇って泣き崩れる
力への意志をまとうことに　失敗した代償を
高みに
回帰する

2

聖女リドヴィナの墓標　『さよなら、ほう、アウルわたしの水』に

杷《は》の隣に横たわル、清らかな聖女リドヴィナよ！　萌す穢れを、その身へと引受け……一挙
に……壊し……臥所に静寂を、墓標に音楽を、納めル、函、を、作ル。

世界の外まで跳躍し、裏の裏まで飛翔し、巡ル。囁きかける誘いに、閉じたはずの窓が
、くるくる、すやすや、回転していく。

紅孔雀が舞い降り、艶やかな軌跡が返り。詩語の煌めきを遺し、死後を安寧に閉じ込めず。

かじかむ手。死界からの、聲、を、掬い上げようと。流民の失われた詩を、臀の穴でも歌え。

生と死と、二つの世界を、囲繞する、性と屍、二つの世界を。さらに、挾み撃ちする
、「わたし」と、わ、た、し。

図式と記憶。聳え立つバベルと崩壊する書庫と。の、埜、乃、狭間、で、螺旋を、描く。
女神《ミューズ》と呼ばれることを拒みたい。ただ器械でありたい。わたしを書くわたし。わたしを欠く
、わたし。情念が取り巻く「わたし」へと。引きずりこまれる、わたしの残滓へと。

奥などない。表層などない。皮膚などない。子宮口などない。

久《く》しく苦渋を背負って、は、いるが、追放されたアルカディア、は、そこにも、見えて。
間《ま》に間に葉ゆる、プラネタリウム。割れた、黄金の果実のなかに、あの彼らの声が……。

埜のままニ響く、ヴィオロンの、空隙の、透き魔を、埋められず。
乃、媒介、繋ぐ、編む、しがみつく、好奇、高貴、なる地べた、ぺたぺた走る、凍死を
、闘志に置換せよ。

※本文に、小熊秀雄ほかの引用があります。

大理石像の瘢痕《はんこん》

書架には翠《すい》がある。

、壁にかけられた額縁、固定されず、埋め込まれた祇《かみ》の束、こ、　と、、、　ば
、弧賭場《ことば》の、廻廊を、そぞろ歩き、揺蕩《たゆた》い、眩瞑《めまい》と伴に駆け上がる美
　、滑落する階段、死、踊りながら毟《むし》られた恥毛の

サモトラケのニケの頭が見つかったぞ！
　叙事詩の翼が揺れ動き、
古典古代の天使、羽搏《はばた》く、

蜘蛛の巣を溶かし込みながら、
禁断詩篇を詠み上げよ！
朗々と、浪々、掘り進める漑《みなぎわ》に、
向き合って、剥き、遇《あ》って、出港せよ！

舷窓から観えた丘、勃立する乳。
　あわいに泳ぐ羊、
　灼ける供犠の炎、
　煽れ！　凍かせ！
刻まれる暦を、狂えるアストロラァベに翳《かざ》して！

吼えたける、群狼を尻目に、
然るべき航路は夢の領界を切り裂く、神の刃なり——

、洗礼を受けた者、のみに許される、歯車の外れた、把手、かみ、の、た、、ば、を、取りまとめ、盗るものもとりあえず、液に塗れた膊《かいな》、抑えながら、消えゆく文字。血涙の塵風《じんぷう》が巻き起こり眺める。掻くそばから滅する襞のまた襞、筆先の捧げ銃、マスケット銃、剣、の整然たる硝煙、ヴィヴ・ランペルゥル！アイヒェンドルフが祝福された教会は、この先、の、はず、肉の襞の、尖端

突き刺されて、
掌果《しょか》には膵《すい》がある。

海賊コンラッドの出奔

稲妻さえも揺さぶられ、居並ぶ多橈船《ガレー》を蹴倒し、
大嵐、飛沫を挙げて瓦解した、塔の高楼が直結する、
彼方に逬る汐の扇に、火傷が破砕するエフリーテの鶩號、
環世界の裂け目の向こう、
攤きの乾坤一擲、一矢報いる勢いで、覺めた、
俺たち、
多頭のヒュドラの屍體《がら》が聲を上げる――

高

歌

放吟

悪いジンをあおって、ぐびぃり、掠れた調子で、
頭に巻いた布を振り捨て、飛び跳ねながら、詠う。
時計とカットラスとが交錯し、
重ね合わされた、薄い鱗を、
アン女王のピストルが綺麗に貫き――
風にひらめく、黒髭が、
手間かけさせやがって、ほら、ドタマが軽くなったろう?

呵

呵

哄笑

桂冠詩人のバイロン卿よ、
はは、俺たちを使って一儲けしたな、
自分だけが自由だと勘違いしてやがる、
何處でくたばろうとも知ったことか、
俺たちこそが愛國者だ、斷じて流れ者ではない。
白も黑も黄色も、皆が入り混じった、
茫々と燃える、器のなかで、
ぼうる、ぼうる、と――
呪詛が轟く。

そうだ、焦るな、こびりついてやる。

俺たちは、てめえと違って沢山いるんだ、
忘れられやしないんだ——

剃髪《トンスラ》した頭が、[*1] ぐりゅりゅ、と旋回し、
サルタンの後宮《ハレム》から、飛び出す、
半裸の乙女たちの、曲　刀《シャムシィル》が刎ねているのは、
俺たちの、
馘《ふぐり》だ——

失業した私掠船員《プライヴェティア》は、流れ流され、
ユトレヒト条約を気にしない、遠き島々に、漂着し、錨を下ろすべく、

篝火を立てて、ささやかな、宴を囲み、
それでも永久に、彷徨《ながれ》るのだ。
怒りを消してくれる、常若の泉、回春の泉、生命の泉、
いくつもの残像、夢想、傷に滲みる痛み、
うぃ、ぐびぃり、ラム酒びたりの、
俺たちの、
泪に重なる――

＊1　ジョージ・ゴードン・バイロン『海賊』、太田三郎訳を参考にしました。

黄金の坩堝　『塚本邦雄の宇宙』と『藤原月彦全句集』に

嗤いが・さざめき／漣《さざなみ》の・流れに／練磨された・夕闇の／委ねられた・花弁の／可憐なる・娘は／蓮麗《れんま》された・闇《オニキス》の・果汁／荷重／渦中都市の・緑玉《エメラルド》で／恵愛《えめ》・枢密秘書官の・眼光／から・できるだけ・身を避け・近づき／小蛇ゼルペンティーナと・学生アンゼルムスの／間に断絶・鎌首をもたげ／奏天《かなた》に・聞こえる／化学の・結婚／ローゼンクロイツと・アマデウスの／万有旋律《カデンツァ》

が／もぎりとられ・羅列される・言葉／言羽《ことば》・言刃《ことば》・言波《ことば》って[*1]／定型の・提携に・帝警された／いっそ・殺してくれ／逸素《いっそ》・鼠径部からの／花井《けい》に・埋もれて／磯のにおい・生い茂る

・黔《くろ》い藪／破られた誓い・違う園の・蟄《ちっ》の・その・疎の・唇を／思い切り・噛んで／一筋の
・血が／流れて・消え
て／鏖殺《みなごろし》にされた／バロック時代の・劇中劇を／気怠く・眺める／ローエンシュタインと
・グリューフィウスの／寓意《アレゴリー》／味爽《あさ》より・生きいきと／亜沙より／息・遺棄と／首縊り／
果てて・垓《はて》で／ぶら下がり・ながらも・殻《がら》の・身柄《がら》の・彼女の／＊＊はそう／いっ／＊＊た
／争《そう》・蹌《そう》／われら・母國を／愛し＊＊／て＊／愛され／る／ものか・ことな／く・外に出て
・絡み採られた／よちよち・歩きで／ひしめてい・て・斐紙滅入《ひしめい》

て／遠くへ・脱出したい・この國・じゃない・どこか／へ・行けるのなら／ば・そう願った
／皇帝は・すり潰され／ラデツキー行進曲の／企鵝《きが》は哭き・穢れて／罌粟《けし》散り・這《あ》って／ヨ

ーゼフ・ロートの啓示として／与えられる・能わずとも／王権神授説の／フィルマーと・カントの／鎮魂歌《カデンツァ》／墺兼《おうけん》・真咒《しんじゅ》の／戴冠された・体感では／越えられ・ない／聲《こえ》・咾《こえ》・孤縁《こえ》・皮膚に・貼られた／秘符《ひふ》から・燃えさか／る・加勢《かぜ》／堰堤《かぜ》の・風媒花／園丁の掌は／貞操帯・を引き千切り／血霧の・契を交わす／滴り落ちる性《ほと》・腹上で／前後する・潤滑油／道化師と・道化師の・妻の／密花《ひそか》に・奏でる／装飾樂句《カデンツァ》の＊＊円錐形果が／貴《きら》びやかに・腐敗していく／刻まれた・銅版画の／風　景《エムブレム》／嗤いが・さざめき

＊1　「言羽」は、西島伝法『宿借りの星』に先例がありましたが、本編で使って問題なしとして下った西島氏に感謝します。

3

災厄の阿呆船

眼前に迫り
数々の形姿をとって
われわれを押し潰し
引き裂く壁がある

誰かが
そこで
叫び声をあげるとともに
すべては透明で

静謐な空間へと
姿を変えゆき
耐えられなくなった
誰かが
尽きるまで　弾《バレット》　を撃ち
それが切れてもなお
向き合うことに
我慢がならず
来る何かにわめき続ける

近づく
不定形な幻《ハルシネーション》　影は
消えることがなく

われわれの
極彩色に塗られた姿は
球体化した船の
その奥底において

無限に連なる
壁の連鎖の
内側から発せられた
絶えることない光を受け
鮮やかに輝いていた

空間のなかに

深々と
突き刺さるとともに
真珠母色の塊が
強烈な
勢いをもって
われわれの船に肉薄する

塊の至るところから
噴射された
極彩色の閃光を
まともに浴びて

情念と空虚さと

沈黙と粘膜が
内部と外部で入り混じり
攪拌されるうちに

ほとんど音も立てず
おぼろげだった境界線は
見えなくなっていった

知らず
われわれの姿は
遥かなる時空を遡って
より原型的な
ものに

形を変えた

それを自覚してはじめて
われわれの意識
そのものが
彼方からの
呼び声に従って
咆哮を上げている
かのような錯覚が
至るところで繰り広げられ

全身を無理に拡げられ
無限の楔が

打ちつけられたがごとき
重みと閉塞感を
伴ったうえで

遠い地平へと
果てしなく
広がっていき
壁を含んだ
眼前に屹立するものの
すべてを
覆い尽くしていった

だが

いくら意識が
変わり行こうとも
壁は
彼岸にある
鏡へ向かって
無限に連鎖を
繰り返し
続いてゆく

名状しがたき者《アンネイムド・ワン》へと
変貌させられ
てしまう
隠されていた

はずの
黙示録的な形姿に
死すべき者《モータル》
としての定めは
いくらあがき続け
ようとも
逃れられなかった

沈みゆく女
滅びゆく
われわれの地平
不滅の女

微笑する女

壁から浸透してきた
水は
どこまでも
拡散を遂げていき
やがて
楕円形となり
渦を巻き始める

女の顔が近づいてきた
それはまるで
研ぎ澄まされた刃のように

冷たく尖って見えた

だが重苦しい
意識の
流れを
切り裂くこともせずに
ぼんやりとした
光を放つのみで
夏の輝かしい
煌きのなかに
消え去ってしまった

女は今や

幾重にも連なって
われわれを取り巻き
光源へと
近づいてゆくことを
阻んでいるのだけれども

われわれの船は
度重なる失敗を
経たあげく
堅固で頑丈に
作られていたので
女も水も
ものともしなかった

しかし
いつのまにか
光そのものが
失われてゆき
色彩も
自らの印象を薄れさせ
やがて
緑の単色へと
収斂されていった

波越え宙越え
数多の苦難《ストラグル》を乗り越えて

一路進軍していった
われわれの
意識は
やがて
乗り込んでいた船へと
集合し
形作られ
永劫へ向けて
果敢にも回帰していき

女は
眩暈がするほどに
複雑な様相をもって

絡み合う蔦を伸ばした
巨大な樹木の形を
とるようになった

樹はわれわれが見た
どのような植物とも
異なっていたが
そこから萌え出る
数々の根と絡みつく茎は

われわれが息づく空間の
内部と外部とをつなぎ合わせる
巨大な根茎《リゾーム》を

形成しているようであった

しかし一瞬の後に
すべては
目に見えぬ重力のもとに屈し
劫初の姿をとることが
できなくなった
われわれの船は
もはや前進することも
適わなくなった
つまり
沈むほかなくなったのである

われわれは
泥に手足をとられながらも
自力で泳いでいくか
それとも
われわれの巨大な
愛すべき
畸形の女とともに
沈殿していくのか

終焉の快楽のもとで
あらゆる変化と
その反動としての
静寂を

受け入れるかどうかを
選択せねばならなかった

緑の光は
輝きを薄らせる
ことはなく
激しく震えながらも
力を増していく
ばかりなので

われわれは静止して
あらたな地平の登場を
待ちつづけるのか

それとも
幾重にも重なり合った
楕円の
無限連鎖のなかで
絶え間ない後退を
繰り返しながら
あたら時を過ごすのかを
慎重に選ぶ
必要に迫られたのだが

灰色の星の光が
いつまた緑を駆逐し
偽りの贅肉の氾濫を

除いてくれるのか
見通しは
まったく立たなかった

躊躇している間に
われわれの意識と理想は
退化していき
四足となり
鰓が生え
手足はいつのまにか
鰭へと変わり

より原始的な何かへと

大いなる憧憬《アスピレーション》をもって
逃走を
繰り広げていった

あくまでも
戦闘的にだが！

とはいえ
逃げ出した先では
もはや水平線は
見ることもできず
向かい合わせた鏡に

映し出される
最内奥の
最深なる誕生は
中心にあって
もろもろの根源から
産まれる
存在のあり方を
支えているのみ
絶えず
堪えず

しかしながら
この誕生は光であり

それらは心象から
生をなして
きたのだったが
我らが母ともいうべき
眩い閃光を
把捉することは
不可能であって

生きとし生ける
あらゆるものどもは
憧憬《アスピレーション》を棄てられず
それゆえ
あらゆるものどもは

自身のうちに
把握可能な要素を
わずかながらも
含んでいるということを
ぼんやりとした
意識のうちで
感じ取ることが
できるだけだった

べいりぃ、でぃれいにぃ、
あにあぁら、べぇめ、
太古の遺品《アンティクイティ》のうちに……。

やがて
明け初める 紅《アウローラ》 が訪れ
緑を呑み込み
最も外縁的な
誕生の地平において
われわれは
一回転して東天を仰ぎ
すでに消された
何ものかから
立ち昇る煙を
看取したのであったが

ここにおいて
意識と死は結びつき
虚無《アニヒレーション》が自然のうちに
来たることを
あるいは
潰敗した地平が
破滅《カタストロフィー》と不可分であることを
われわれは悟って

永遠に続く流動が
宇宙と存在の
截然たる弁別が

遍くもたらされた
のであったが
歓喜に満ちた
この過程において
平安は
とこしえに破られてしまった

4

コンクリート・ポエトリー?

わたし
のなか
の
叔父
のなか
には
航海誌
が
あった

わたし
のなか
の
伯父
のなか
には
航海士
が
いた

航海
は
しても
白い僕
を
ついぞ
後悔
せず
に

ビン
のなか
に
入って
白い僕
の
儚い白
の
少女と

素敵な舞台装置から
ひとところに

遥かな
アルジェリを
夢
み
て

見る前
に
跳ん
で

ペーヴメントに
足を取られ
逝った
の
か？

消え
去
った

"われらの時代"
よりも
半歩
ばかり
先んじて
いた
か
ら

忘れられた頃
に
ストローハット
を
手に
周遊切符
を
ポケット
に
入れて
ひょっこり
顔
を
出す

*

La vie est bien amiable.

*

と
挨拶
を
送り

[長谷部行勇は詩人で,北園克衛主催の「VOU」のメンバー.65 号,72 号等に参加.ヨットが趣味のモダニストで,航海中に行方不明となり,親族により失踪宣告が出された.
北園や諏訪優らとの共著に『鋭角・黒・ボタン』(1958) がある.
本作はその逸話を,姪で著作権継承者である詩人の奥間埜乃氏から教えてもらった岡和田が,自由に想像を膨らませて書いた.あくまでも,残された詩と写真からうかがい知れた長谷部氏についての思弁であり,社会的な生活者としての彼とは全く無関係である.
作中のフランス語は,北園克衛が訳したポール・エリュアールの詩より「人生は愉しい」.]

カウンター・カルチャー？

——蠟燭の光を食べていい？——

夕暮れ,そう訊くと少女は,
肉体の,窖《あな》という窖から,
恐怖とともに,闇を吐き出して……

三歳のとき,自死した父の,
面影を委ねた,男の手をとり,
捻りあげ,一緒に,焰を見つめて,
コトバを交わす,シリトリはやがて,
ナンセンスな,ルールなきゲームと,
なって,演技するそのコトバで,
少女は「父」を,思い切って,
去勢し,絞め殺す……

喀血する男,遺骸の傍らに,あるのは,
書きかけの原稿の束,壮大な抵抗史……

（ぼくには,わずかに先住民の血が,
流れている.少なくとも,
ぼくは,そう信じて,いるんだ）
かすかに,聞き取れた,コトバ……

かの者らの,傘下に置かれた,
1972 年,宇登呂の砂浜……
座禅を組んだ,ゲイリー・スナイダー,
先住民のスピリチュアリティを,
よく聞き取ろうと,目を閉じ,
かれは,こころを鎮めて,耳を澄ます……

——植民地,アメリカの？
それもあるが,ヤオヨロズのクニの
追われた,その者らの渡ったシマの——

陸を挟んで,反対側の砂浜では,
徘徊する……痩せた少女が,
水と,蠟燭の光しか,
もう口にしていないのだ……

——何も聞こえない,すべての名詞が
消えた,から——

（あるのは支配,被支配,
その現実の,連なりだけ……）

波風に吹かれながら,
祭壇風の楼閣を,しつらえて,
思い切って,身を委ねた,
垂直性の運命に,ひた走る焔を,
呑み込み,自らの内なる脂を,
燃やし尽くした,少女は,呟く……

——バカタン,デカパン
ケサラン,パサラン——

サド,ジョイス,ロートレアモンの系譜から,
道を外れた,火星人の片道切符は,
爆発する,切り刻まれた時間が,終わり……

すべての形容詞が消え,
動詞も潰え——どうして——瓦解し,
主体も,また,ウンサン,カンサン,夢消する……

[諏訪優（1929 ～ 1992）は詩人で,北園克衛主催の「VOU」の出身.アレン・ギンズバーグやウィリアム・バロウズの作品を翻訳し,日本を代表するビートニク詩人としても知られた.

本作は,諏訪が書いた小説「蠟燭の焰」（「NW-SF」Vol.5,短篇集『西風の幻の鳥よ』所収.なお,ガストン・バシュラールの引用がある）および詩篇「一九七二年・宇登呂の日没」（詩集,『旅にあれば』所収,に刺激された岡和田が―― 1972 年に起きた,関係あるまたは無関係の事柄・著作等も念頭に起きつつ――自由に想像を膨らませて書いたもの.]

あとがき

私は二〇〇七年、どんなに貧しくとも本名で物書きとして立つ決心をした。それ以前に肉体労働をしていた際にも決して譲らなかった――不可侵の領域としての――内的世界をも、あえて世俗の汚穢を引き受け開いていく覚悟を固めた。

十代後半から二十代前半まで、私がその世界に生きていたのが、近代イギリス（スコットランド・アイルランド含む）・フランス・ドイツにおける（広義の）ロマン主義文学作品の精華と、そこから広がる思想的・歴史的な各種文献である。一部、中世文学、あるいは絵画も参照している。

思いもかけなかった哀しいことがあり、自らに課していた箍が外れた。かつて観えていた景色を、二〇一九年から振り返る形で、言葉として書き留めておきたくなったのだ。趣味的に耽溺していたのではなく、同時代への抵抗の術であったことを示すためである。

ただし、ネイティヴではないという意味で、また時代の隔たりもあって、洞察を与えてくれた書き手たちと私との間には、相応の距離が横たわっている。それを、他者の声を取り入れる器として裏返すには、十五年もの時間に加え、文芸評論家やゲームデザイナー（実作者）としてのキャリアが必要だった。

　現代詩の形式を借りたのは、定型に抗い言葉を砕いていくためである。だから、論文では私が決して肯うことのない書き方を、あえて本書では採用している。つまり、私が作品から得たヴィジョンと、元のテクストが対立した際には、躊躇なく前者を優先したのである。一回性を大事にしたかったのだ。彼らの作品がそれで毀損されることはあるまい。著作権が切れているから、というようなレベルの話ではなく、私の身体を通過していない言葉を、ここに書きつけるのは避けたかったからである。

　よって、以下のように表現したほうが正確かもしれない。私は本書を、先達の仕事に随伴する音楽として書いた。すなわち、ロマンなきロマン主義である。耳の奥に響くのは、昔から魅せられてやまない、ベルリオーズの『幻想交響曲』、断頭台への行進……。

　本書を書き終えたことで、私は自らの若さが、決定的に失われたことを自覚せざるをえなくなった。けれども、気分は晴れ晴れとしている。

5
Bonus track

これはプロレタリア詩だ!

この詩集では　これまで形而上詩を扱ってきた
1は短めの形而上詩　2は長めの形而上詩
いずれも海外の古典文学が背景にある　君はわかったかな
3はスペキュレイティヴ・フィクション（SF）な詩
ハリー・マーティンソンとか思い出してくれ
4はみんな大好き「VOU」へのオマージュ
でも5はね　いわばボーナス・トラックとして
思いきり形而下の問題も扱っていきたい
そもそも俺は無神論者だからね　死んじゃえばすべて無
残るのは物理的なモノ　そう作品だけだ　あとは娘かな
形而下といっても　ああ　馬鹿にしたもんじゃないよ
下部構造は上部構造を規定する
だいたい時代状況が　ずうっと新自由主義なんだから
俺は小泉改革以来の負け組　年収も　そりゃあものすごい

郵政民営化って何にもならなかったの憶えているよ
同世代は死屍累々　早稲田大学の文芸専修の就職率は四〇％
一部は編集者となって卒業後に　再会する
あとは路頭に迷って　行き着く果ては　富士の樹海か？
バブル世代には　なかなか貧困の実態はわからないみたいだが
生きてこられたのが不思議なくらいだ　大学院の学費も
全部自分でひねり出したんだよ　正確に言うと　妻に借りて
全額返した　いまの国立大学院はひどくてね
学費減免は　世帯収入が基準だから
大学関係者に離婚したらと　言下に示唆されたものだ
で、下部構造は上部構造を規定する
純粋言語のなかだって　その関係は同じなんだ
だから形而上詩をまとめるだけでは　どうしても足りない
喋りまくった小熊秀雄　小熊秀雄を敬愛した江原光太のように
吃りの鼻歌を　歌うのもいいねえ　なにせ
貧困の度合いでは　江原さんに負けちゃいないからな
これは形而上詩集　であると同時に　唯物論的貧困詩集だ
日本語ラップのマネはしない
あいつらの多くは　女を　トロフィーだと思ってるからね
俺が好きなバンドはRage Against The Machine

焼身自殺するベトナム僧をジャケットにした　ガチ・パンク
そのメンバーのトム・モレロ　インテリ野郎の
変態ギターリフ　ジャーリ　ジャーリジャリ
『マトリックス』でも使われてるよ　最近の学生は知らないけどね
サイバーパンクとしては中途半端だが　音楽がいい映画
ゴスのマリリン・マンソンも起用してる
広い意味での　オルタナティヴ・ロックだ　そこからすると
北限の江原光太はロック　ということでもあるよな
『北極の一角獣』響文社刊の　付属ＣＤを聴いてみればわかるよ
砂澤ビッキについて　自作詩を朗読する　江原さんは滲みる
そうそうサイバーパンクについて知りたければ
俺の書いた『エクリプス・フェイズ』のシナリオを読んでくれ
毎月「Role&Roll」に連載してる　ゲームショップかAmazonでどうぞ

俺は批評家でもあるから　詩史の流れからすると
これはプロレタリア詩にあたる　中途半端な批評をされても困るから
先回りして断っておくからね　ついでに言うと　俺の経歴を見て
ＲＰＧの仕事をするから「サブカル」だって言ってくるヤツが
たまにいるけど　それはとんでもない物知らずだよね
オタクの好きな「萌え」なんて相手にしてない

言ってるチャラい連中こそが「サブカル」
俺の手掛ける作品はすべて英語圏の　伝統文学に則っているんだ
そもそもシェイクスピアだってね　一四〜一五世紀の野外劇が
勃興の一つの背景なわけでしょ
神保町の北沢書店で　研究書を買ったことあるんだ
ＲＰＧも同じで　演劇が表現形式であるように
一つの表現形式にすぎない　つまりはどちらも〈文学〉なんだよ
だいたい　今のＲＰＧのルーツは　遅く見積もっても
ブロンテ姉妹にまで遡れる　そういう研究が
すでに英語圏では出てきている　論より証拠
俺が出してる本を買ってくれ　創作だと
『傭兵剣士』二〇一九年書苑新社刊　がいいかな
どれも魂を賭けて作っているが　とりわけね　ナイスな作品だよ
四半世紀前初めて買ったゲームブックの　公式続編を作った
俺の名前が後世に　残ることが　もしあるとしたら
きっとそれは　ゲームデザイナーとしてだろうな　なんてね

話が逸れた　プロレタリア詩だったな　断っておくが
俺は共産党員じゃないし　特定政党のプロパガンダもしない
ガキの時分から天皇制には反対だけど　あくまでも抵抗は

「文化」をベースにしてきた　まあ　二〇一四年まではね
そもそも俺が編集した本　解説も書いた　とびきりの良書
『向井豊昭傑作集　飛ぶくしゃみ』二〇一四年未來社刊
立派な学術出版社　担当編集者（もう辞めたが）は頑張ってくれた
もらった原稿料は　全額　向井さんの遺族に回したよ
この本の冒頭には　「うた詠み」という小説が入っている
語り手が　Ｋ（共産）党に入るけど　離脱する話だ
語り手は自分の勝手な都合で　十二歳で妊娠してしまった
アイヌの少女を救おうとするが　行く先々で裏切られるわけね
一九六六年の小説だが　今も状況はあまり変わっていない
アイヌの被差別の「状況」が　「階級」の問題か、はたまた
「民族差別」の問題か　というのは盛んに議論されてきた
特に　一九六〇年代から七〇年代にかけてね　詳しくは
『骨踊り　向井豊昭小説選』二〇一九年幻戯書房刊　を参照

さて共産党といえば　今では　むしろ社会民主主義だけどね
原発に対するスタンスなんか　過去の精算が　煮え切らないけど
小選挙区ではよく　共産党に入れている
あっ言っちゃった　この詩集を読んでる君と俺だけの秘密な
引用も禁止　理由はね　シンパだからじゃなくて

自民党はメチャクチャで死んでもゴメンだ　内閣が何回吹っ飛んでも
仕方ないほど不祥事を放置している　ヘイトの根はあそこ
そのうえで　俺は立憲民主党が気に入らないからだよ
立憲民主党はアイヌの民族否定をしている　コバヤシという漫画家と
組んでいる　小林秀雄じゃないぜ　東大一直線のおぼっちゃまの方だ
コバヤシは最近　また週刊誌で昔と同じ主張を繰り返していた
公称二十五万部　実売は十万部らしい
起死回生を目論んだ　「ヤレる女子大生」特集で炎上
だから　コバヤシの　アイヌに対する　ヘイトで稼ごうとするわけ
許すまじゴーマニズム　そしてコバヤシの野郎
今はヤマモトタロウに　擦り寄ろうとしているみたい
胡散臭いよな　なおアイヌの民族性をやみくもに否定し
それを煽るのには　学術的根拠が　まったくない
紛うことなきヘイトスピーチ　日本語で言う　差別煽動表現だ
憎悪表現じゃないよ　キレイなヘイトも珍しくないからね
「よい韓国人も　悪い韓国人も　どちらも殺せ」
これは二〇一三年　新大久保のヘイトデモでの在特会のプラカード
典型的なヘイトスピーチだって　大学で教えるときにも例にしてる
俺は二〇〇〇年から二〇〇六年まで　大久保のワンルームアパート
ヴィラアンドウⅡに住んでいたんだ　名前はイイけどオンボロで

看板には「安藤荘」とそのまま遺っている　そのうえ
隣人の爺さんが　孤独死したこともある　そんな棲家だったんだよ
Not終の棲家　だからあの町の雰囲気はよく知っている
治安が悪いと言われたが　そんなことないぜ
貧乏な人が肩を寄せ合う街　コキタナイところが　気に入ってた

で、立憲民主党がダメなのは　コバヤシと手を切れないことだ
「図書新聞」でやっている　俺の文芸時評でも
批判したことがあるけど　二〇一七年十一月十八日号でね
いい加減　有名人で人を集めようという　「戦略」は捨てて
きちんと有権者に　筋を通したらどうだい
エダノさん　あなたの三時間演説は立派だったが
3・11のときの「メルトダウンじゃありません炉心融解です」は
忘れてないからねえ　オカワダと読む　俺の名字
それは南相馬の地名が由来　だって知ってたかな?
二〇一四年に小熊秀雄賞記念フォーラムで講演したとき
同席した　若松丈太郎さんと　そのことを話したら驚いていた
若松さんは　マジですごいね　3・11が起きる前に
すでに詩に書いていた　そんな人は彼しかいない　そしてね
俺の義父　吉本隆明大好きな団塊の世代　文学青年で

『高橋和巳　世界とたたかった文学』二〇一八年河出書房新社刊
こいつは義父の遺品資料で書いた　その義父は二〇一六年に
急性白血病であっと言う間に死んだ　看取ったんだ
彼、3・11にすっごく怒って　福島原発行動隊に参加してた
ボランティアで　何回も　福島に行ってたんだよ
あまり公には言わないが　俺は　原発に殺されたんだと思ってる

今回君に伝えたいのは　でも3・11じゃない　それ以降の
二〇一九年一月二十九日のお話だ　なんと平日
具体的な日取りも決まっているのは　それは国会周辺で
アイヌへのヘイトデモが行われたからなんだ　東京では五年ぶりにね
えっ知らないって？　そりゃそうだよ　現場にはジャーナリストはいなかった
知り合いの新聞記者にも声をかけたが　誰も来てくれなかった
だからジャーナリストは俺だ　他には「Twitter経由の面々だね
仕方ないから俺は　自分で「図書新聞」にレポートを書いたんだよ
二〇一九年の二月十六日号　で、現場は　いやはや最悪だった
何が最悪って？　それはね　大きな声じゃ言えないが
警察の対応がクソだった　最近でも札幌で
「アベ辞めろ」と言った人が　警官たちに　排除されたね
あれ　懇意にしてる（自己検閲）社の編集者の　友だちだったんだけど

まさに公安の手口だな　「現代詩手帖」の二〇一九年八月号に
集産党事件について　衆生の立場から　ほんのちょっぴり　書いたけど
あ、北海道初の治安維持法による弾圧事件　小熊秀雄周辺の話
関連した研究書は　軒並み自費出版なんで　詳細は知られてない事件
資料を読んで　つくづく痛感したよ　他人事ではないってね
というのも　就職できなくって　作家修行をしていたときね
並行して勉強しながら　公務員試験も受けたことがあって
ドーチョー警察行政の採用　最終候補に残ったんだよ
ふふふ　筆記は通ったからね　面接で落ちた　結果を見て　愕然とした
だってね　東京会場で受けた人はみんな落っこちていたんだよ
もちろん「フェア」な判定だ　異議申し立てのつもりはない
東京でドーチョーを受けるやつなんて　動機の面で問題あり
滑り止めか　北海道で働く気がそもそもないか
愛郷心がない　とされるわけ　当時は公務員になって　そうして
物書きもやっていこうという　甘ちゃんだった
ストロベリーシロップに蜂蜜をかけたような　大甘
結果的には　落ちてよかった　愛郷心？　愛国心？
そういう美名のもとで市民を排除しなくて済んだからね
この国はあまりにもおかしい　完全に狂ってきてる

俺はふだん　関東某県に住んでいるが　平日は東京事務所にいる
その東京事務所のプリンターとラミネーターで　プラカードを作った
毎日のようにFacebookでやりとりする
友だちの　マーク・ウィンチェスターと　たった二ヶ月で作った本
正確に言うと　この本を作る途中で仲よくなったんだ
これも名著の『アイヌ民族否定論に抗する』二〇一五年河出書房新社刊
この詩集を編集してくれた　東條慎生どんも書いている本だぜ
俺は『ドン・キホーテ』にちなんで
同い年の東條をたまに「どん」と呼ぶ
で　『抗する』の表紙に合わせた　プラカをこしらえたんだけど
デザイナーにオーダーした際　パンク・ロックをイメージしたんだ
UKのムーヴメント　Rock Against Racism　へのオマージュにした
けっこう売れたし話題にもなった　俺とマークは
その後一年　大学はもちろん　開かれた　部落解放研究所から歴史学の研究会
はたまた「リベラル系」のSFファンダムに到るまで
ありとあらゆる場所で　毎月のように講演を続けた
アイヌへの差別が許せないからだ　アイヌに取り入って
スピリチュアルにバリバリな　共感をしようってわけじゃない
そんなのキモいよね　俺が許せないのは
アイヌへの差別から目を背けると　文学も歴史もわからなくなる

その現実を顧みない　脱知性的な世相なんだよ　息苦しい　向井さんでも怒ってる
大事なのは　市民感覚ではなく歴史感覚
イデオロギーじゃなくてファクトベース　それでもって
俺は研究者としての資質も　他に負ける気がしないんだが
基本は批評家だ　コアにあるのは〈文学〉
状況にコミットメントし　それを変えるのが仕事なんだよ
こういうことを言うと　「当たり前すぎてつまらない」と
言ってくる「知識人」がたまにいるけど　あんたらとはもう
ぶっちゃけた話　階級が違うね　むろん俺の方が下の階級
お高く止まっているのも嫌いだ　でも「カウンター」界隈で
有名な　Nという「論客」もいけ好かない
カウンターと言えば　Nの名前が出てくるが　あいつはネットの
「フェミナチを監視する掲示板」に　出入りしていた過去があって
それはフェミニストたちが明るみにしている
しかも　あんま反省した様子がない　ツイ廃セクシストと呼ばれてた
「フェミナチ」発言が問題ってのは　『声の物語』早川書房刊　参照
で　Nと取り巻きは　しばしば　差別の定義の隙間をついて
「アホフェミ」だなんだと　やたらと女に絡んで
罵倒しているのが観測される　俺はそいつを批判し
NとTwitterでやりあった　すぐにシンパが

煽られて絡んできたが一切スルー　こっちはノーダメージ
だからあいつと同じやり方はしない　女叩きなんて大嫌いだ
これは「図書新聞」二〇一八年十一月二十四日号にも
書いたし　ログは遺っているから　公開情報
誰でも見られるNot誹謗中傷　興味あるなら掘ってみてね
でも　ここではNを叩きたいんじゃない　そう現代詩だからね
要するに　ヘイトと戦うのでも　一枚岩じゃないってことを
言いたかったんだ　女叩きとアイヌ叩きは　しばしば重複するが
（複合差別ってやつがあります）常にイコールじゃない
つまりNはミソジニストだけど　レイシストではないってわけ

今回俺が問題にしているのは　国会前のヘイトデモ
具体的には、ネット番組のちゃんねるサクラ
宮沢賢治やトーマス・マンを読んでたはずが
今は動画配信で　あれこれ差別を煽り　呷っている　閲覧数で稼いでる
インテリ・ヘイターのミズシマさんだ　ネット番組なんかで
「アイヌは先住民族じゃない」って具合に　騒いでるね
マイノリティへのいじめ　アイヌもそのターゲットになった
わかりやすく言うと　そういうわけなんです
具体的には　アイヌ新法　アイヌ施策推進法

それによって「日本が分断される」って　から騒ぎをしている
でもね　この法案を　進めてきたのは
内閣官房のアイヌ政策推進会議
通称「板挟み法案」　差別禁止が具体的に
法案に盛り込まれたのは　いいことだけど
相変わらず民族自決権はないし　二〇二〇年に向けて
アイヌを観光に利用したいという　欲望が　剥き出しだし
法案の隙間で　どうもアイヌ遺骨の大学による盗掘問題も
まとめて片付けようとしてるようだし
新しく白老にできる「象徴空間」で　観光と祭祀を同時にやるんだってよ
いかにも無理っぽいよね　ハコモノ建設のカネがあれば
普通に　差別の解消と奨学金に使えよ！
なのに　極右の連中が「アイヌ利権」だって騒いでる
後藤明生ばりの　挟み撃ちだ
「アイヌ利権」というのは「在日特権」とか生活保護叩きとか
そういうのとまったく同じ　無根拠なフレームアップ
「利権」を貪ってるのはお前らだろうに
地道なカウンターをしても　もぐら叩きのように復活する
普段はネットで騒いでいるから　ネットが苦手な
「オールド左翼」の目には留まらない　つまり存在しないと

無視されてきたが　本当に酷い　ネット右翼のなかには
「アイヌの遺骨でラーメンを作れ」とか　言ってるやつもいるし
何年もオカワダ叩きを繰り返しているヤツも　いるくらいだからね
で　たまにネットを飛び出して　暴れてくる　二〇一四年の
銀座でのヘイトデモは　たまたま　『アイヌ民族否定論に抗する』の
打ち合わせを執筆者の長岡伸一さんとしていて　最後にしかカウンターに行けなかった

逮捕者が出ないように　カウンターはあくまでも　現場については曖昧な
指示しかしない　当日どこここに、という詳細な指定はない
周知は全部Twitterで公開されてる
東京の冬はからっ風で激寒　だから人がこないかもしれない
ヘイターも五人くらいだろうと踏んでいた　念のため
前日は植民地文化学会の　ここは俺が『抗する』関連で
パネルディスカッションに参加したことのある学会だ
そこにお願いをして　ネトウヨに「自虐史観」と言われている潮流
批判精神ある文学・歴史研究を立ち上げた人の一人
樋口一葉研究者の西田勝さんと　植民地文化学会の谷本澄子さんに
カウンターデモの参加を募る　メーリングリストで拡散してもらった
何人か返事をくれたけど　実際に参加表明をくれたのは
ネイティヴ・アメリカンに造詣の深い　詩人の

中村和恵さんだけ　『抗する』に参加してくれた人だ

東京事務所で作ったプラカを持って　普段よく行く国会図書館の
手前で曲がって　参議院議員会館の前を通ると
たちまち警官に見定められて　囲まれた　十人くらいの厳戒態勢
みんなでっぷりと太って　プロレスラーというよりは重量級の柔道家か
相撲取りの見習いみたいだ　物腰柔らかで　丁寧で
沖縄みたいに「土人」発言はしないけど　有無を言わせぬ迫力があり
「抗議があるから近づかないでください」と
やんわりと退けられる　その向こうには　十数名ほどの
ヘイターたち　なかでも酷いのは　元北海道議のオノデラという
Twitterで毎日のように　無根拠なデマをふりまいている奴
「アイヌ料理はない」とか　有事には外国人をほのめかし「即射殺」せよとか
四万七千人のフォロワーに言ってるカスだ　ググってみてね
今回オノデラは　「アイヌのおばあさん」を引き合いに出しながら
「アイヌは何人いるでしょう　誰も知りません。
定義もない存在に　湯水のように税金が使われている」などと
馬鹿げた主張を　タレ流してやがる
アイヌの新井かおりさんは　たまたま札幌だが　いたら激怒だったろう
そもそも　進学率や生活水準において

北海道の人口の一％に満たないアイヌは　和人に比べて
圧倒的な格差を余儀なくされているのだ　歴史が与えた傷痕だ
滑稽なのは　アイヌに「利権」があると騒いでるが
実際は　「アイヌにかこつけた和人の利権」ということだ
ヘイトデモを中継して　閲覧数を稼ぐ奴こそ「利権」だろ
アイヌ関連の文化事業で　和人が関わらないものなどない
オノデラの近くには、二〇一四年にTwitterで
「アイヌ民族なんて、いまはもういない」との　ヘイトを
書き込んだ　元札幌市議　カネコの姿もある模様
カネコは自民党を除名され　市議の再選もされなかった
（その後、ＮＨＫから国民を守る党っていうヘイト政党から
渋谷区議に立候補し　受かってしまったのだが　また別の話だ）
で、模様、というのは、数十人体制　下手すると三桁近い
警官で固められて　まったく近寄れないからだ
詳しくは見えない　やたらとガタイのいい警官たちだけが目に入る
永田町を行き交う官僚たちも　デモに近づけないのは幸いだが
（官僚たちが　永田町の書店で　極右雑誌を買うのを　俺は見ている）
それでもヘイトデモに行かないくらいの良識はあるようだ
ちゃんねるサクラの目的は　現場の人に　自分たちのヘイトを
聞かせるということではなく　動画配信の素材にすること

そして捻れているのは　警察にとって　今回のヘイトデモが
極右による　内閣への「抗議」という形になっていること
まったくの茶番　ヘソが茶を沸かす
まるで排外主義を煽るのが　「左翼＝パヨク」みたいな構図になっているし
現場の警官は　どっちがどっちなのか　ろくに見分けすらついていないっぽい
たぶん内輪揉めだと思ってる　でもね
そもそも　俺は「左翼」と名乗ったことすらなく
にもかかわらず　ネットでは「反日文化人リスト」に入れられている
まこと名誉なことだ　で、なぜ俺の方が警官に排除されるのか？

そんなわけで人気がない坂の下まで　デブの警官たちに
護送された俺は　赤坂見附にまで　もっと降りていって
しばらく一人　車に向かってプラカードを掲げる羽目になった
通り掛かる車が見てくれていたと信じたいけど
あまりにもわびしく　無力さを感じる　そのうち　倉数茂さんから
スマホにメールが来た　『抗する』に参加してくれた作家で
東海大学での同僚でもある人　現役の小説家で　今回のカウンターに
来てくれた人は　残念ながら倉数さんだけだった　信じられないよね
倉数さんとやりとりをしながらグルグルと　周辺を回る
デモの写真を撮ろうと　スマホを掲げただけで排除されそうになる

あとで参加者からコツを聴いたが　ヘイターたちと話をしたいとい言うと
「衝突されると困るから」と排除されてしまうので
「大学でレイシズムを研究している」と言って　観察させてもらうのがよいそうだ
警官がレイシズムだと認めているのも滑稽だが
すでにヘイトスピーチは「解消法」によって違法なんだよね　だから本当は
ヘイトデモがあるなんておかしな話だ　でも現実に　開催されてるんだから
とにかく頭を使って　臨機応変に立ち回らなきゃいけない
そして　個人だと排除されるので　なるべくカウンターが固まっているところに
集まらなきゃいけない　それは国会議事堂前駅のX番出口周辺
「アイヌ新法で日本が分断されるかボケ」と弾幕が広げられている
トラメガでレイシストたちを叱っている人もいる　人数は七、八人
いや十人くらいか　「LGBTを痴漢と同じ」などと書いた雑誌の
版元前でのサイレント・デモに　一緒した人たちもいて挨拶をする
川崎でヘイターたちと戦っていた人たちが応援に来てくれている
手には色々なプラカで　スマホで中継してる人たちもいるよ　Nはいない
無事に合流成功　彼らが警察と「交渉」している、俺も何度かデモの現場で
一緒になったカウンターのインテリが　時に怒り　時に態度を軟化させながら
うまく譲歩を引き出している　マークさんや『抗する』に参加してくれた
青木陽子さんたちもいた　寒いなか　現地の倉数さんとプラカを手分けし
ひたすらコールを続ける　どういうコールかって？

——レイシスト帰れ！　レイシスト帰れ！　レイシスト帰れ！
——ヘイトをやめろ、オノデラァ！

そういう単純なものだ。「在日外国人」に「国に帰れ」というのは差別だが
レイシストに「帰れ」というのは「デモをやめて家に帰れ」と、
そういう意味だというのが通説になっている　コールの間、
マークさんが　ミズシマに　「直接話させてくれ」と呼びかけた
ミズシマはＯＫといったが　警察が割って入って　引き離す
現場でレイシストたちが配っていた　アイヌ否定のビラの
内容を警官に説明する人もいたが　取り合ってくれない
仕方ないのでその内容を　注意喚起のためにTwitterへ流す人たち
もちろん、俺も実況中継を続けるよ　そして
中村和恵さんとも合流　手製のかわいいプラカードを持ってね
仕事を抜けてきたので　長くはいられないというが
顔を出してくれるだけでもありがたい　現場のピリピリした空気に
圧倒されていたようだが　まあ仕方ない　皆怒っているからね
歴史修正主義と差別を蔓延させる　世の中が本当はおかしいんだ
こうして俺は倉数さんにプラカを渡し　一緒にコールを続け
腹から声出せと　高校生の頃にハマっていた

Ｘ　ＪＡＰＡＮのボーカルも言ってたね　破滅に向かってね
たまにトラメガを渡してもらって叫び続けた
そのうち独自のリズムが出てきて　イケイケで
なんだかヒップホップみたいになってきた　こんな具合だ

――レイシスト帰れ！　レイシスト帰れ！
――オノデラ帰れ！　カネコも帰れ！
――アイヌは日本の先住民族！
――アイヌは日本の先住民族！
――アイヌは日本の先住民族！

ひたすらに繰り返す　本当は北海道の先住民族と言うべきだが
ここは必要悪で　リズムを優先　二時間ほど抗議をした後
帰るかなと思いきや　連中はなんと　参議院議員会館にまで
移動を始めた　その後も　デモが続く限り　俺たちのコールは
やむことなく　俺も頻繁にトラメガを貸してもらい
できるだけリズミカルに　腹から声を出して叫ぶ
音頭を取ったわけ　元・体育会系の意地とも言うね

――レイシスト帰れ！　レイシスト帰れ！

——オノデラ帰れ！　カネコも帰れ！
——アイヌは日本の先住民族！
——アイヌは日本の先住民族！
——アイヌは日本の先住民族！

後でヘイターが流した動画を確認したら
けっこう俺たちを気にしている模様で
動画にはコールも　ガンガン音として拾われていたからね
しかし　夜が更けても　予定の時間を過ぎてもなお
ダラダラとデモを続けているヘイターたち　多くは無根拠な
アイヌを馬鹿にしたレッテル貼りに終始しているようだが
いつ終わるのか警官たちに聞いて　向こうに合わせますわと答える
あまりにも引き離されているので　あっちの声がまともに聞こえないから
警官に間を取り持ってもらっているわけだ　そのうち「Twitterを見て
『抗する』の読者のUさんほか応援に来てくれる人が
ちらほらと　増えていく　しかし　レイシストのなかにも
中国陰謀論を振りまく　フカダというヘイターなどもいるらしく
予断を許さない　あたりは真っ暗になって　身体も冷え切ってきたな
それでもコールはやむことなく　気合を振り絞って続けていく

――レイシスト帰れ！　レイシスト帰れ！
――オノデラ帰れ！　カネコも帰れ！
――アイヌは日本の先住民族！
――アイヌは日本の先住民族！
――アイヌは日本の先住民族！

音頭を取るのにも疲れてきたので　トラメガを近くに渡し
警官とも話してみることにする
「あの人たちは　アイヌの先住民族性を　まるで
認めず　差別を煽動しています　それは違法です　どう思いますか」
するとでっぷりと太った奴ではない　温和そうな五十がらみの
メガネのおじさんが　渉外担当なのか　答えてくれた
「立場上　なんとも申し上げられませんが　私は北海道が好きです」
北海道が好きだって？　それは嬉しいことだけど　北海道において
アイヌの貧困は「階級」の問題か「民族差別」の問題か
そういう過去の議論を　陰謀論でまとめてくるんで
ゴミ箱にポイしようとしているのが　あいつらなんだけどなア
北海道が好きなら怒らなきゃね
本当は俺だって　カウンターなんてしたくない
必要だからやらざるを得ない　ただそれだけだ

だって寒いし　身体が底冷えする　それを見越して
貼れるホッカイロを配ってくれた人の　配慮がありがたいね
夜はさらに更け　コールが続いていく……　そろそろ一万字
まだヘイトデモは終わる様子がない　それにしても　暗いし冷えるなァ
少しは現場の「空気」を　君に「報道」
（笙野頼子『さあ、文学で戦争を止めよう』）として届けられたかな
市民感覚ではなく歴史感覚　それを伝えるのが〈文学〉　しーゆー

著者紹介

岡和田 晃（おかわだ・あきら）akiraokawada@gmail.com

1981 年、北海道空知郡上富良野町生まれ。2000 年、旭川北高校英語科卒業。2004 年、早稲田大学第一文学部文芸専修卒業。2017 年、筑波大学大学院人文社会科学研究科で修士号を取得。現在、文芸評論家、ゲームデザイナー。法政大学経済学部兼任講師、東海大学文芸創作学科非常勤講師。幻想文学専門誌「ナイトランド・クォータリー」（アトリエサード）二代目編集長。日本文藝家協会・日本 SF 作家クラブ・日本近代文学会・日本デジタルゲーム学会、それぞれ会員。

2007 年に本名でライター・デビュー。2010 年、「「世界内戦」とわずかな希望　伊藤計劃『虐殺器官』へ向き合うために」で第 5 回日本 SF 評論賞優秀賞を受賞。2016 年、『破滅（カタストロフィー）の先に立つ　ポストコロニアル現代／北方文学論』（幻視社）で第 50 回北海道新聞文学賞創作・評論部門の佳作を受賞。本書が第一詩集で、2019 年 1 〜 2 月、7 〜 8 月に書いた詩篇を集めた。うち「黄昏の丘へ」「大理石像の瘢痕」は「壘」創刊号、「海賊コンラッドの出奔」は「フラジャイル」6 号と、「コンクリート・ポエトリー？」は「シミルボン」に提供している。

著書に『アゲインスト・ジェノサイド』（新紀元社、2009）、『「世界内戦」とわずかな希望　伊藤計劃・SF・現代文学』（アトリエサード、2013）、『向井豊昭の闘争　異種混交性（ハイブリディティ）の世界文学』（未來社、2014）、『世界にあけられた弾痕と、黄昏の原郷　SF・幻想文学・ゲーム論集』（アトリエサード、2017）、『反ヘイト・反新自由主義の批評精神　いま読まれるべき〈文学〉とは何か』（寿郎社、2018）、『傭兵剣士』（J・ウィルソンとの共著、書苑新社、2019）。

編著に『向井豊昭傑作集　飛ぶくしゃみ』（未來社、2014）、『北の想像力　《北海道文学》と《北海道 SF》をめぐる思索の旅』（寿郎社、2014、第 35 日本 SF 大賞最終候補）、『アイヌ民族否定論に抗する』（共編、河出書房新社、2015）、『骨踊り　向井豊昭小説選』（幻戯書房、2019）、『現代北海道文学論』（藤田印刷エクセレントブックス、仮題・近刊）。

翻訳書に『ミドンヘイムの灰燼』（ホビージャパン、2008）、『エクリプス・フェイズ』（筆頭訳、新紀元社、2016）、『ベア・カルトの地下墓地』（『ベア・ダンジョン』所収、書苑新社、2018）、『アンクル・アグリーの地下迷宮』（グループ SNE、2018）ほか多数。

現在、「図書新聞」に「〈世界内戦〉下の文芸時評」を、「Role&Roll」（新紀元社）に中世ヨーロッパの社会史についての入門記事を、それぞれ長期連載中。RPG シナリオの執筆も商業で多数。「現代詩手帖」（思潮社）、「層　映像と表現」（北海道大学大学院）、「北海道新聞」ほか文芸誌・学術誌・新聞等での評論・書評の執筆もこなす。

【第二版刊行にあたって】

本書の初版は幻視社から限定八〇部のみ刊行したものであったが、二〇一九年度の茨城文学賞詩部門を受賞したほか、読者から望外の好評を得たため、第二版を書苑新社から商業流通させることにした。この機会に誤字脱字を修正したものの、内容については初版と同じである。読者諸賢、関係各位に改めて感謝したい。（岡和田晃）

幻視社別冊
掠《かす》れた曙光《しょこう》
岡和田 晃
発行日　二〇一九年八月九日
二〇一九年十月二十六日第二版発行
二〇二三年一月三一日第二版二刷
定価　本体一〇〇〇円＋税
編集　東條慎生
表紙デザイン　長谷部和美
表紙元絵　ダンテ・ゲイブリエル・ロセッティ
「ベアータ・ベアトリクス」（一八六四～七〇年頃）
制作　幻視社
http://genshisha.g2.xrea.com
inthewall@king-postman.com
発行人　鈴木孝
発行　株式会社書苑新社
東京都豊島区南大塚 1-33-1　〒 170-0005
TEL.03-3946-0638 FAX.03-3946-3778
ISBN978-4-88375-377-2 C0092 ¥1000E

印刷　（株）ポプルス
http://www.inv.co.jp/~popls/
〒一九七－〇〇一三
東京都福生市武蔵野台一－一五－一九